夕暮れの残影

桂沢　仁志

目次

夕暮れの残影

一握りの種

やわらかな日差しが大地を満たし始め
東欧の冷涼な気候に待ちわびた春が訪れる
北部の木々の枝先ではヨーロッパコマドリが
オレンジ色の小さな胸を一杯膨《ふく》らまして
「チューリーホイピーチュルチュリ」と鳴き
西部の山脈の麓《ふもと》ではブナの原生林が芽を出し
溢れる春の光に若葉色の葉を震わせている

この地では春分の日　春の到来を祝い
神への祈りと自然の恵みに感謝をこめて

ヒバリの形をしたパンをたくさん焼き
家族や隣人や知り合いと分け合ったり
木の枝に吊るして飾る習慣があるという
豊かな大地に生きてきた祖先からの
知恵の伝承と今に生きる敬虔な人々と
明日の希望である子供たちへの愛がある

黄金色《こがねいろ》に光り波打つ一面の小麦畑の上
初夏の日差しが降り注ぐ青色の空の中で
ヒバリたちは高らかに喜びの歌を囀《さえず》り交わす
豊かな実りを寿《ことほ》ぎ村人への思いを伝えるように

だがそんな平和な国に隣国の強大な軍隊が侵攻した
「軍事演習」と称して国境に沿って戦車等を配備し
「決して侵攻はしない」と言いながら攻め込んできた
土地を占領したまだ頬の赤い若い兵士に老婦人は言った
「いったい何のためにここに来たんだい？
お前さんの兄弟の国を侵略するためかい？」
「いや　ぼくらはここにいる皆を救い出すためさ……」
「ここは私たちの国だよ　これが侵略でなくて何さ？」
「ぼくらは演習にきて……そのまま行けと言われて」
老婦人はエプロンの中から一握りの種を取り出した
「お前さんの国では兵隊なんて使い捨てだよ
さあ　これをポケットの中に入れてお行き

お前さんらがこの土地で死んだって
どこの誰も弔ってなんかくれないよ
もし母親がお前さんの骨を探しに来たとき
きっとこのヒマワリの種が大きな花を咲かせて
お前さんの居場所を知らせてくれるようにね」

攻撃は突然激しくなった
ミサイルが撃ち込まれ空爆され
砲弾が炸裂し戦車と装甲車が蹂躙《じゅうりん》した
電気や水道やガスの供給が止められ
町や村の公共施設や病院や学校や幼稚園
民間人が暮らす家やアパートが破壊された

敷地の庭にはっきり大きく「子供」と書かれ
多数の婦女子が避難していた劇場も爆撃された
産科小児科病院も攻撃され妊婦と胎児が死亡した
かつての建物は焦げた壁だけとなって立っていた
原形を留めない横転した車や地に刺さった不発弾
砲塔《ほうとう》が吹き飛んで市内の道に乗り捨てられた戦車
いったい生きている人たちはどこにいるのか？
爆撃でできた大きな穴の中の焼け焦げた杖
爆裂の熱と衝撃で捩《ねじ》じ曲がったベビーカー
そこにいた人たちはどこへいってしまったのか？

これから何年かしたなら

その国に本当の生活が戻ってくるだろうか？
木々の枝先でヨーロッパコマドリが鳴き
山脈の麓で原生林のブナの若葉が光に震え
黄金色の麦畑の青空の中でヒバリが囀り
夏の日に一面の黄色く波打つヒマワリ畑で
いったいどんな祈りが捧げられるのか？
村人たちの自然の実りの感謝の祈りか？
それとも幾十万の埋もれた骨から生え出した
ヒマワリの花々への鎮魂の祈りか？

モルヒネと優しい嘘

かつて終末医療と死について研究したスイス出身の
米国の精神科医エリザベス・キューブラー・ロスは
患者が死を受容する過程を五つの段階に区分した
「否認　怒り　取り引き　抑鬱《よくうつ》　受容」

激しい痛みを伴う末期患者に処方するモルヒネは
病巣《びょうそう》からの苦痛と死の恐怖から患者を守るために
最終段階での適切な緩和《かんわ》治療の一つとされている
だから多くの人は死に際してモルヒネが必要だ

戦地などで余りに無惨な損傷を負った兵士らの遺体は
生前の勇姿を保ち遺族に反戦気分を起こさないために
遺体修復士からなるエンバーマー隊が常に従軍する
死者の尊厳を保つためにはエンバーミングが必要だ

死の床にある人の不安や苦痛を取り除くためにも
モルヒネと同様に心のエンバーミングが
「優しい嘘」が必要なときがある
「明日になればきっと天国のお父様に会えるわ」
「大丈夫　負債も連帯保証もすっかり解決したよ」
人はつらい真実よりもモルヒネに救われるのかも知れない

世界記録を五十五センチも上回りその後二十三年間も破られることはなかった

陸上男子二百メートルでも二つの世界新記録が生まれた
決勝直前は米国の黒人選手三人が表彰台を独占すると予想されていた
確かにスタートしてコーナーから直線路に出たときはそう思われた
しかしゴール手前の最終局面で猛烈に追い上げてきた選手がいた
ほとんど無名のオーストラリアの白人選手ピーター・ノーマンだった
彼は二人の黒人選手の間に入ってゴールに飛び込んだ
陸上男子二百メートルの成績は次の通りだった
一位　トミー・スミス（二十四歳）米国　十九秒八三　世界新記録（二十秒の壁を突破）
二位　ピーター・ノーマン（二十六歳）豪州　二十秒〇六　世界新記録

三位　ジョン・カーロス（二十三歳）米国　二十秒一〇　元世界記録保持者
競技後ピーターのコーチが駆け寄ってきて言った
「ピーターすごいぞ。明日の新聞できみは国の英雄だ！」
豪州《ごうしゅう》では陸上短距離競技で銀メダル獲得は史上初の快挙だった

実は決勝前日ピーターはスミスとカーロスに話しかけた
言葉を交わすのは初めてだったが三人はすぐに打ち解けた
やがてカーロスがピーターに言った
「恐らくおれたちのうち誰かは三位までに入れて表彰台の上に立てると思う。そしたら、サリュート（ｓａｌｕｔｅ：敬礼）をやろうと思うが、きみはどうする？」
「サリュート？」ピーターは聞き返した

それはブラックパワー・サリュートという人種差別反対の抗議の姿勢だった
黒人選手二人は米国の人種差別や公民権法制定後も続く不平等などについて話した
ピーターは白人だったが貧しい家庭の敬虔なクリスチャンの両親に育てられ
豪州の先住民アボリジニやアジア系民族など貧しい人々への炊き出しをするなど
弱い人の立場に立ち人種を差別しない博愛精神の持ち主だった
彼は本国で行われている「白豪《はくごう》主義」による人種差別に心を痛めていた

表彰式の直前スミスとカーロスはすでに心を決めていた
ピーターは二人のところに来て言った
「で、どうすればいい？　ぼくは表彰台の上で何をすればいい？」
二人は白人のピーターを巻き込みたくなかったのだろう

「ありがとう。それはなかった事にして欲しい。自分たちだけの問題だから」
でもピーターはそのとき子供の頃父親がよく言っていた言葉を思い出した
「肌の色は関係ない。人間はみんな平等なんだ」
そして彼は自分も同調して「ぜひ一緒にやりたい」と答えた
彼はそれを示すために表彰台で二人と同じバッジを胸に着けることにした
人種差別への抗議を示す「人権五輪プロジェクト（略称：ＯＰＨＲ）」の記章だった

表彰式が始まった
スミスとカーロスは靴を履かず黒い靴下を履いていた
スミスは右手にカーロスは左手に黒い手袋をしていた
ピーターは靴を履き普段のスポーツウェアで静かに立っていた

この世では人々は生きるときも死ぬときも
甘い嘘　優しいモルヒネが必要だ
なぜなら生きる事は苦しみの上にあるから
世界のどこの国の言葉にもあるという
「イタイ痛い飛んでけー」
宇宙のどこかでそんな光が放たれているのだろう

哀《かなしみ》と悲《かなしみ》

「哀は愛　悲は痛み」からくるという
愛するがゆえの憐《あわ》れみ　哀憐《あいれん》
傷ついた魂が激しく痛む　悲痛《ひつう》

哀

あれは夢だったのか？
幼い日の幻だったか？
古びた木の橋の上を
慎ましい家族に手を引かれて

若い花嫁がしずしずと通ってゆく
真っ白い衣装の蒼白い顔
伏目がちの睫毛《まつげ》が震えている
遠い町の資産家のもとに嫁ぐという
村人たちは玉の輿《こし》だと祝福し
実家の暮らし向きも良くなると羨んだ
だが道をゆく花嫁と母親の目元には
深い哀しみの陰が溢れていた

悲

霙《みぞれ》まじりの冷たい雨が降る夜のことだった

俺は掛け持ちのアルバイトの夜勤を終えて
古びた安アパートに帰ってきたところだった
軒下の地面の上にずぶ濡れの少女が蹲っていた
急いで部屋の中に運び入れると少女というより
棄てられ濡れ痩せ細って震える仔犬のようだった
俺は霙の降る夜の連想から勝手に「雪」と呼んだ
彼女も気に入ったらしく自ら「雪」と名乗っていた

こうして見知らぬ少女との奇妙な暮らしが始まった
互いに身寄りのない者同士なのか気ままな日々だった
よく俺が渡した僅かな食事代で買ってきた食材で
どこで覚えたのか豪勢で美味い夕食を作ってくれた

寒い夜には隣の俺の蒲団の中に飛び込んできて雪は
「お兄ちゃん　寒いよお」と俺の体に抱き着いて眠った

やがて雪は近くの喫茶店でウェートレスとして働き始めた
店では彼女は皆から可愛がられ客からの誘いも少なくなかった
しかし雪は仕事を終えて帰るとすぐ家事に没頭するのだった
家庭というものを知らずに育ったせいなのかもしれなかった
雪との二人のバイトのおかげで幾らか生活にゆとりができた
二人で少し遠出して山間《やまあい》の道を歩いて新緑や紅葉を楽しんだり
海辺のキャンプ場のテントの中で深夜の波音に驚いたりした
身寄りのない孤独な俺にいつしか可愛い妹ができた気がした

ところが何年か後のある寒い夜
蒲団の中に飛び込んできて俺に抱き着いた雪の体にぎくりとした
冷たく細かったはずの体に柔らかく火照《ほて》ったものを感じたのだ
俺は背を向けたまま息を凝らして眠られない長い夜を過ごした
そんな事があって暫くして俺は仕事先の同僚を夕飯に誘った
雪と友人の三人で温かい鍋料理を囲んで楽しい時間が過ごせた
彼は皆の世話をする甲斐甲斐《かいがい》しい雪の姿に感銘したようだった
それから何回か三人のささやかだが温かい夕食の集いがあった

暫くして友人が雪に結婚を申し込み彼女も俺もすぐに同意した
彼は誠実で思いやりがあり薄幸《はっこう》な雪を大切にしてくれそうだった
結婚の日が近づくにつれ雪は不機嫌になったり無口になったりした

俺は彼女が彼の家族や親戚などに対する不安感からだと思っていた
家族というものを知らない者はどう対処すればいいかを知らない
俺は彼女の心を押し出すようにわざとぶっきらぼうを装ったりした
三人だけの結婚式を終えた後二人で彼の実家に行くことになった
遠くの町で老舗の和菓子屋を営んでおり彼は修行中の身だった
いずれ修行を終えて彼はその店を継ぎ雪は若女将となるだろう
俺は幸せそうな二人の姿が木漏《こも》れ日の光のように輝いて見えた

いよいよ二人が彼の実家に旅立つ日がやってきた
夜行列車の駅のホームはどこか切ない空気がある
通勤でも行楽でもなく何か人生の思いを運ぶような

出発のベルが鳴り彼は雪の手を引いてドアに向かった
その時彼女はつと手を振り切ってこちらに駆けてきて
俺の体に抱き着くと嗚咽《おえつ》とともに大粒の涙を流し続けた
俺は彼女の肩を強く押しのけて言った
「お前の幸せが俺の幸せなんだ　さあ行け！」
彼女は列車のドアの奥に消え彼の隣の席に腰を降ろした
やがて列車が動き出すと彼は俺に手を振って一礼した
車窓の中で雪は立ち上がって窓を叩いて何か叫んでいた
列車はホームを離れ赤い尾灯が滲《にじ》んで遠ざかっていった
俺は一人ホームの端で魂が引き裂かれる痛みを感じた
夜空の闇に向かって吠える孤独に病んだ野良犬のように

神さまのミルク

大きな緑の葉の陰から木の上に登っている兄が声をかける
「ほら、いくよ」「はいね」木の根元で待っている弟が答える
そっと投げられた黄色い実は弟の両手でしっかり受け止められ
幼い少年の腰にくくり付けた麻袋《あさぶくろ》の中に丁寧に入れられる
「気をつけてよ、お兄ちゃん。おちたらたいへん！」
「大丈夫だよ。ぼくは身が軽いし、高い所も平気さ」

赤道をはさんで北緯二十度と南緯二十度の熱帯気候で
年平均気温二十七度以上　年間降水量二千ミリ以上の
高温多湿地帯は「カカオベルト」と呼ばれカカオの産地だ

また標高三十メートルから三百メートルの水はけの良い丘陵地を好むため
世界での産地は西アフリカ・中南米・東南アジアが主となる
カカオの木はアオイ科の常緑樹で樹高は五メートルから十メートル程度
幹や枝から直接白い花を咲かせ両 掌《てのひら》大の黄色い実を生らす
学名の（Ｔｈｅｏｂｒｏｍａ）は「神々（Ｔｈｅｏｓ）の食べ物（ｂｒｏｍａ）」
の意味で
カカオ豆からできた飲み物やチョコレートは王族や貴族に愛された
貴重なカカオ豆は通貨ともなり豆十粒がウサギ一羽で取引された

農園の人たちは棒の先に鉈《なた》を付けて実を切り落として収穫した
しかしそれでも届かない高い木の実は少年たちの出番だった

木の上から兄が「またいくよ」　弟が「はいよ」と受け取る

弟は大切に腰の麻袋に入れるが中はなかなか一杯にならない
立派な実や取りやすい実は先に大人たちが収穫してしまった
貧しい少年たちには取り残しや高くて危険な場所しかないのだ

弟は高い木の葉陰《はかげ》に見え隠れする兄に向かって声をかける
「ねえ、お兄ちゃん。学校にいきたかない？　ぼく、いきたいな」

「ああ、ぼくもさ。皆に会いたいし、もっと勉強もしたいし……」

「ぼく、算すうのかけ算、まだ、三の段、ぜんぶできないんだよ」

「大丈夫だよ。お前はまだ小さいからさ。そのうち全部できるとも」

「お兄ちゃんて、ほんとうによくできるんだね。いつか先生がいってた。『おまえのお兄さんは、とってもゆうしゅうで、しょうらいはいしゃか、はかせになれるだろう。ただし、まいにち学校にこれればね』って」

「ぼくは優秀なんかじゃないさ。こうして学校さぼってばかりで……」
「ぼく、くやしいな。ぼくが、学校にいけないものくやしいけど
ゆうしゅうなお兄ちゃんがいけないほうがもっとくやしいんだ」
小さな弟は木の根元から樹上の兄を半ば涙をためながら見上げた
「泣くなって。出かせぎに行った父さんも、奉公に出た姉さんも
じきに帰ってくるさ。病気がちの母さんもきっと良くなるよ
そうしたら、また一家で仲良く暮らせるし学校へも行けるさ」
「そうだとしたら、うれしいな。早くそんな日がこないかなあ」
「ああ、きっと来るさ。神さまは最後は貧しいぼくらの味方だよ」
「そうかなあ。ところでお兄ちゃん、この黄色い実の中には
いったい何が入っているんだろう？　神さまのミルクなのかな？
ぼく、いちど水牛の乳をのんだことがあるけど、こってりして、

とてもおいしかった。でも、神さまのミルクにはかなわないよね」
木の上の兄は答えなかった
カカオの実が何に使われるかは知っていた
農園の大人たちが話していたし学校の本で読んだことがあった
でもカカオ豆で作ったチョコレートやココアの味は
農園で働く大人たちも彼自身も知らなかった
カカオの木のてっぺんから兄が地面の弟に声をかけた
「お前も早く大きくなって、一緒にカカオの木の上に登ろう！
お日さまが銀色に光って、青い空が手に届きそうに見えるんだ」
褐色の痩せた少年たちの声が農園を吹く風の木々の葉音《はおと》に紛れた

※西アフリカのコートジボワール（仏語で象牙海岸）とガーナは、カカオ生産量の世界第一位と二位

を占める。チョコレート産業は千億ドル（約十一兆円）なのに対し、生産者の収入は六十億ドル（約六千六百億円）で産業全体の僅か六％に過ぎない。生産地の農家の貧困は深刻で労働力として児童労働・児童奴隷が使われている。多くの子供たちは学校に通うことができず農園で働く。その数はコートジボワールとガーナの二国だけで一五六万人とされる。（二〇二〇年、シカゴ大学）

一つの……

ただ一株《ひとかぶ》の菫《すみれ》の花を
人目につかない小道に植えれば
山里を吹く風や春の光に打たれて
薄紫の花びらを震わせるでしょうか?

ただ一握《いちあく》の向日葵《ひまわり》の種を
えいっと大空目がけて大地に蒔《ま》けば
幾年かの冬を越えた夏の日には野原一面
向日葵の黄色い風車が回っているだろうか?

ただ一輪の薔薇の花を
禁じられた花瓶にそっと挿せば
蒼ざめた少女は真紅の花弁と鋭い棘《とげ》に触れ
白い指先から滴る血に秘密の痛みを知るだろうか？

ただ一叢《ひとむら》の白い野菊の花を
かつて戦場となった小島に植えれば
老若男女が寄り添って斃《たお》れていった地を
墓碑《ぼひ》の代わりに一面の白い花々で飾ってくれるでしょうか？

穏やかな海　怒《いか》れる海

穏やかな海は
生命の母であり多くの幸をもたらす
怒れる海は
天に吠《ほ》え波頭を逆立て災難を与える

海の平均深度は約三・八キロ
地球の半径は約六千四百キロ
海の深さは地球の厚さの
たった千六百分の一以下に過ぎない
それでも海の中で生命は宿り

種の進化を遂げ多様な生物が栄え
ある種は陸上へと進出し繁殖した
細菌類や原生動物　植物や動物
弱肉強食　適者生存　自然淘汰《とうた》などの
進化論は本当に正しいものなのか？

海は穏やかであるか？
海は荒れ狂っているか？
全ての生命の母であり
恵みも災いももたらす海

原人から進化したとされる人類

この世界も自然淘汰で成り立っているのか?
強者が弱者を支配するという「社会進化論」
変化が生物に本来そなわった要因により
ある一定方向に進むという「定向《ていこう》進化説」
これらの説が正しいとするならば
富家《ふか》はより富み貧家《ひんか》はより貧しくなる
事実歴史は常に強者が弱者を支配してきた

この世ではいまだかつて
生においても死においても
あらゆる人や人種や民族に
平等であったためしはない

海は怒り狂っているか？
海は穏やかであるか？
災いも恵みももたらし
全ての生命の母である海

月明かりの海

鋭利な三日月が西の空に昇っていた
まるで鉤状《かぎじょう》の爪で天幕にぶら下がるように
やがて仕事に疲れた人たちが家路をたどる
また元気な者たちは夜の街に繰り出していく

仕事は必ずしもその労力に値する訳ではない
この世の権勢と倨傲《きょごう》の中で虚偽が真実とされ
ある長官の指示で真実は虚偽に書き換えられる
何千年もの間続いている虚偽と真実の歴史

月が満ちてくるように夜の汐《しお》も満ちてくる
魚たちや蟹や海月《くらげ》や海藻などを優しく育み
時に烈《はげ》しく怒り狂って人々に災難をもたらす
地球を林檎《りんご》の実とすれば厚さは皮にも満たない海

月明かりに海面が金色に漲《みなぎ》り輝いている
この輝きは四海《しかい》を巡り全世界に繋がっているのか？
始原の海には単純な細胞しかいなかったという
進化とはその場に適した生物の中にあったのではないか？

静かな夜の海

夕暮れの海は凪《な》いでいたはずなのに
絶えずどこかで波の音が聞こえる気がした
女は塑像《そぞう》のように浜辺に腰を降ろしていた
潮が満ちてきても心は硬い石のようだった

すぐ傍《そば》で女の呟《つぶや》く声が切れ切れに聞こえた
「やはり　わたし　あの男《ひと》と　やり直すわ」
いつも苦しめられ心身を痛めつけられても
やはり以前のままの生活に戻ろうとするのか？

人の心は意思に反して進むものなのかもしれない
男は己の気持ちが砕《くだ》かれたような痛みを感じた
激しい海鳴りがした気がして沖合いに目をやると
いつの間にか東方の空に欠けた月が昇っていた

凪いでいる海は月の光に金色に輝いていた
静寂はときに喧騒《けんそう》よりも心を波立たせる
女は夜行列車で都会へとこの町を去っていくだろう
闇へと消えていく列車の尾灯が滲《にじ》んで見えた気がした

青のスケッチ

きみの瞳《め》の中に広がる春の空
草木の花粉と大地の匂いを孕《はら》み
なぜか懐かしい面影を風に溶かし
信じられた思いが霞んでいく憂愁の水色

ぼくの瞳の底で揺れる秋の海
遥かな丸い水平線を身にまとい
始原の生物を育み全ての陸を結ぶ
思いは翔《かけ》るもいつも胸を砕かれる群青色《ぐんじょういろ》

息を引き取る兵士らの瞳に映る空と海
一体何のための戦いか水も食糧もなく
捕まるのは恥だからと手榴弾を握らされ
失われていく視界に微かに残る紺青色《こんじょういろ》

地球の半径は月の四倍で面積は十六倍
月から見た地球は闇に満ち欠けする巨大な天体
そんな美しく奇跡の星での侵略と破壊と汚染
自ら育んできた者からの報いに悲しく歪む青

夕焼けの空に

この世界のすべての植物の葉が
光を感じ時を測り四季を悟り
いつの日か咲くべき花を開き
季節にかなった実を結ぶように

渡り鳥たちの柔軟で強靭《きょうじん》な
翼と体が地球の方位と高度を感じ
自分たちの進むべき針路を
ひたすら飛翔していくように

私たちの迷いに満ちた魂は
正と邪と光と闇を感じ取り
世にあるべき道を求めつつ
明日に歩いていけるものなのか？

茜色《あかねいろ》に染まりながら輝く
美しい夕焼け空の彼方では
今夜も無人爆撃機が獲物を求め
密かに飛び立っていくのだろうか？

死の影と歓声

夕暮れの道は寂しかった
家には誰もいないことも
夕食が作られていないことも
少年はとっくに知っていた

作りばかりがやけに大きい
隙間だらけの田舎の家
仏壇が部屋の半ばを占め
黴臭《かびくさ》い家の中を支配する

あれは今からもう半世紀以上も前
病院の薄暗くひんやりした霊安室で
死の影が音もなく忍び寄ってくるのを
息のない父と聞いたではなかったか？

あの田舎の家は今はもうない
仏壇も仏間も台所も門もない
代わりに建売住宅が三軒建っている
道端で子供たちが遊ぶ歓声が聞こえる

また一つの敬礼

アメリカ合衆国の「理念」は自由・平等・民主主義とされている
だが理念への道は多くの困難と長い時間が必要なのかもしれない
一九五〇年代でもバスには白人優先席がありそこが満席になれば
黒人席に座っていた黒人は白人に席を譲らねばならなかった
もし黒人が拒否すれば警察によって逮捕・拘留されることもあった
また学校・図書館・劇場・墓地まで白人と有色人種は分けられていた
しかし一九五〇年代半ばから六〇年代半ばにかけて「差別の撤廃と
法の下の平等・市民としての自由と権利を求める」公民権運動が
キング牧師を中心にキリスト教指導者や学生らにより沸き起こった
世論の波についに一九六四年人種差別を禁止する公民権法が制定された

だが法の下の平等は必ずしも現実の平等をもたらすものではなかった
公民権運動に陰りが見られる頃一九六八年四月キング牧師が暗殺された

一九六八年十月メキシコシティオリンピック開催が間近に迫っていた
五輪参加予定の米国の黒人選手たちは「出場すべきか否か」で悩んでいた
「差別に抗議して参加を辞退するか、逆に出場して黒人の力を示すべきか」
ほとんどの黒人選手たちは後者の道を選んだ
メキシコ五輪はある意味で特別な大会だった
中南米初の大会で標高が二千二百《メートル》以上あり大気が平地の約八割だった
空気抵抗減少による短距離走や跳躍競技で好記録が出ることが予想された
男子百《メートル》では米国黒人選手ジム・ハインズが人類史上初めて十秒を切った
男子走り幅跳びで米国黒人選手ボブ・ビーモンが見せた大跳躍八《メートル》九十《センチ》は

だが三人とも胸に「ＯＰＨＲ」のバッジを着けていた
メダルが授与され優勝者を称える国歌が流れ国旗が掲揚《けいよう》された
その間スミスとカーロスは黒手袋の拳を天に突き上げ続けていた
観衆の歓声は沈黙となり「抗議の姿勢」と分かると非難に代わった
政治的な行為を禁ずる五輪憲章に違反したとして米国五輪委員会は
二人を米国ナショナルチームから即日除名し五輪村から追放した

スミスとカーロスの勇気の行為の代償は大きかった
米国では二人を称える者もいたが逆に激しく非難する者もあった
職場は解雇され心ない反対者は彼らと家族まで執拗に脅迫してきた
そんな騒動の中でカーロスの妻が心を病んで自殺する悲劇が起きた
二人はまだ若く次のミュンヘン五輪への道も可能に思われたが

全てのオリンピックに繋《つな》がる道は断たれてしまっていた
彼らは一時期足の速さを生かしてプロフットボール選手となったりした
それでも時代は徐々に人種差別がなくなる方向に動いていた
金メダリストのスミスは大学の陸上コーチになり教授にもなった
彼らの名誉も少しずつ回復され一九九六年スミスは
出身地カリフォルニアの黒人スポーツ栄誉殿堂入りを果たした

だが帰国して一番不遇な目に会ったのは協力者のピーターだったかもしれない
本来空港では英雄として迎えられるはずだったのに家族と友人しかいなかった
表彰式で彼が黒人二人に協力したことが分かると人々の態度は一変した
当時のオーストラリアでは白人最優先の人種差別「白豪主義」が盛んだった
マスコミからは非難され自宅にも脅迫状が届き隣人からも無視された

彼は職を失い転々と職を変え妻とも離婚し失意の生活を送るようになった
だがピーターにとって「走ることは唯一の救い」だった
二人の友人は五輪から追放されていたが彼には出場の権利が残されていた
彼はアルバイトをしながら次のミュンヘン五輪のために練習を重ねた
オーストラリア国内で彼は何度も優勝し記録も世界ランク五位を維持し
一九七二年ミュンヘン五輪の年には彼は五輪派遣標準記録も突破していた
どこから見てもピーターのミュンヘン五輪出場は確実なものに思われた
だが国は五輪の陸上男子二百メートルに「自国の選手は派遣しない」と発表した
彼の望みは完全に断たれ世に打ちのめされ絶望のうちに陸上界から引退した
メキシコ五輪銀メダリスト「ピーター・ノーマン」の名は人々から忘れられた
その後の彼はアキレス腱の怪我や鬱症状《うつしょうじょう》やアルコール依存症に悩まされた
二〇〇六年十月心臓発作で亡くなった　六十四歳だった

葬儀にはずっと連絡を取り合っていた黒人二人の友人も米国から駆けつけた
出棺のとき最前列の左右で柩《ひつぎ》を担いでいたのがスミスとカーロスだった
その姿は「サリュート（敬礼）」に同調してくれた友人への「返礼」のようだった

二〇一二年オーストラリア議会はピーターの九十一歳の母を招き公式に謝罪し
彼の名誉を回復した　死後六年　銀メダル獲得四十四年後のことだった

眠るまでの間に

あの白く苦い睡眠薬が効いてくるまでの間
俺は黴臭《かびくさ》く冷たく固いベッドに身を横たえる

最初に左側を向いて寝る
狭苦《せまくる》しい部屋の薄汚《うすよご》れた壁に
遠く過ぎ去った日々が浮かび上がる
晴れた日の空高く雲雀《ひばり》が鳴いていた
黄金色《こがねいろ》の麦畑の道を夏でもないのに
白いパラソルを差した女と男が歩いていく
傘の中の横顔しか見えなかったが

あれは笑みを浮かべた母ではなかったか？

次に俺は仰向いて寝る
屋根裏を斜めに壁を切る天井に
職場の下らない人間たちが蠢《うごめ》いている
へつらえば昇進《しょうしん》し信義を通せば飛ばされる
※「手を翻《ひるがえ》せば雲と作《な》り手を覆《くつがえ》せば雨」
昔から世も人の心も変わることなどはない
勝ち残り生き延びた者たちだけが歴史を作る
青い地球は音もなく四季と昼夜を巡り続ける

その後俺は右側を向いて寝る

色褪《いろあ》せて破れたかけたカーテンに
歪《ゆが》んだ淡い影たちが揺らいで見える
枯れ果てた大地の村で踊る老若男女《ろうにゃくなんにょ》
結婚式の祝宴《しゅくえん》の歓声《かんせい》と歌声と楽器の演奏
つと音もなく空から黒い影が褐色の地を掠め
無人爆撃機の爆弾が祝宴の人々の輪に落ちる
爆裂《ばくれつ》による土煙《つちけむり》の中で悲鳴と血と肉片《にくへん》が飛び散る

俺は確かにそこにいた
地面を転がる新郎《しんろう》の首を拾って俺は駆け出した
どこかにそれを隠す必要があると思った
新婦や新郎の家族への形見のためだったのか？

見つかれば俺はスパイだとして銃殺される
国へ帰って俺はベッドの枕元にそれを隠した
だから俺の枕がごつごつと固く寝苦《ねぐる》しいのだ
俺はさらに二倍分の薬を噛《か》み砕《くだ》かねばならない

※杜甫『貧交行』より

夜と死

夕暮れの血の滲《にじ》んで歪んだ陽が落ち
暗闇が満ちてくる街に灯が点り始める
ネオン街に繰り出す仕事疲れの男たち
食虫《しょくちゅう》植物のように獲物を待ち受ける女たち

夜とは地球が自らの影の部分へ
暗黒の領域の中へ入り込むことであり
昼と夜が地球の表と裏の理《ことわり》のように
生と死は背中合わせの一つの存在なのだろう

爆裂《ばくれつ》された肉体の破片のように
干涸《ひか》らびた俺たちの貧相な意思《いし》が
生と死が粗雑に混じる瓦礫の原に
飛び散り風雨と陽に晒《さら》されている

遠い日々人々は飢え争い奪い合い
競って武器を作り出し戦ってきた
今も地球のどこかで爆撃機が飛んでいる
また夜がやってくる　死がやってくる

白い罰

空に浮かんだ積雲が急に陰りを帯びてきた
どこかで激しい潮の音が聞こえた気がした
碧色《みどりいろ》を帯びた沖合いに白波が立ってきた
海からの湿った風が若い女の髪と頬を打った

「帰ろうか？　今にも雨が降り出しそうだよ」
「ここから見える海の果てなんてせいぜい
数キロなんでしょ？　どこかで聞いたけど……」
「同様にありったけの叫びも一キロは届かない」

いつの間にか大粒の雨が降り出していた
あいにく彼らは傘を持っていなかった
「あの防風林《ぼうふうりん》の辺りで雨宿りしようか？」
男は女の手を取ってつと駆け出そうとした

「いいえ私は独りで雨に濡れていたいの
少しは自分を罰しないといけないんだわ」
女は白い矢のような雨に打たれて駆け出した
男は荒れた浜辺に置き去りにされた気がした

不在の星

あなたがたは去っていってしまった
網膜の彼方の宇宙の闇を見据えたまま
口からは一言も声を発することなく
喉の奥に乾いた悲しみの思いを貼り付け

地球が生まれ海に生命が宿り
恐竜が地上の王として君臨したように
この世の中は勝ち残った強者しか
生き続けることができないのか？

あなたがたが永く生きるには
余りに誠実であり優し過ぎたのです
生存には憐《あわ》れみを押し殺す冷酷さと
周囲の人から目を閉ざす神経が必要です

牙を持たない大人しい小動物たちにとって
猛獣の来襲から頑丈な檻が身を守るように
私たちの世界では誠実や優しさは
一つの罪だったのではないでしょうか？

あなたがたのいない夜はとても永い
百数十億光年もの宇宙においては

距離は時間であり時間は距離であり
同様にあなたがたは永遠の不在である

あなたがたの影と共に失われた時間は
巨大なブラックホールに呑み込まれた
星々のように自ら光を発することも
叫び声を上げることもできないのだ

無明《むみょう》の街

その街では暁闇《あかつきやみ》が明けることなどはない
産院から芥溜《ごみた》めに捨てられた堕胎《だたい》の肉塊《にくかい》が
野良犬にくわえられて路地を引きずられていく
道端に吐き散らされた痰《たん》と唾が黄ばんで見える

下水溝の悪臭の中で男たちが息を潜めて囁く
「この街では自由は役人への賄賂《わいろ》によって決まる
俺たちは生きるためには貝となって働くのみだ
さもないと処刑され臓器《ぞうき》を売り払われてしまう」

あの街は熟れ過ぎて夜も決して眠ることはない
路地裏《ろじうら》では酔っ払った半裸《はんら》の男女らが蠢《うごめ》いている
宝飾《ほうしょく》のシャンデリアのサロンでは仮面を付けた
紳士淑女らが少年や少女たちを買い漁《あさ》っている

毛皮のソファーに半ば埋まって葉巻をくわえた大臣は言う
「この世では金のない男など結婚をする資格なんかない
金持ちの俺でさえ若い頃は遊びで忙しく晩婚《ばんこん》だったからな
働くことしか取り柄《え》のない男は一生働き続けるがいいさ」

この街では時期が来ても季節の花が咲くことはない
四季咲《しきざ》きの花々に飾られたエアコン入りの冠婚葬祭《かんこんそうさい》会場

優し過ぎる言葉は無惨《むざん》に裏切られて糜爛《びらん》した心に変わる
真実はほとんど傷口を深く抉《えぐ》る短剣のようなものだ

暗闇の奥底にある歪んだ鏡の中のお前が言う
「自然界の生態系《せいたいけい》の頂点に肉食獣が君臨《くんりん》するように
この世では大国が小国を侵し領土や資源を奪い取るのだ
こうして歴史は繰り返し人類は進化を遂げてきたのだ」

だがどの街にも確かな朝が来ることはないだろう
柔らかな風が窓を叩いても誰も季節を知ることはない

不条理に

この世の不条理と
不用意に戦ってはならない
命を落とすか大切な家族を
きっと不幸にしてしまうだろう

ただこの世の不条理に
じっと耐えているだけでいい
きみはいつまでも家族とともに
そっと生の場所の中にいるべきだ

かつて過労死した人の
労災認定を会社に求めて闘っていた
その家族を支援していた同僚たちが
相次いで職場を追われてしまった

世の灰色の狼たちは
黄ばんだ血の牙《きば》を隠さない
不条理は今に始まったものでなく
ただ生きてじっと耐えているだけでいい

不在の影

夜更けの公園は風に秋の匂いがした
色づき始めた木々の葉擦《はず》れの音が
気まぐれに降る時雨《しぐれ》のように聞こえた
乾いたはずの地面から湿った匂いもした

「あきらめに慣れるって難しくはないわ
夜に音もなく地に降りてくる霜のように
その冷たさに手と足を浸す　それから額と胸を
わたしは全身を包まれ寒くても寂しくはない」

ロマンを持ち続けるには情熱と狂気が必要だ
きみは一歩足を踏み出しただけで気づいてしまった
ありもしない世界に住めるほど人は盲目ではない
住みたい先があるなら髪型を変えるだけで十分だ

公園のほとりを深夜の川が流れていた
星空の下黒々とした川面《かわも》が鈍く光っている
ぼくは小石を拾って「えいっ」と空に投げた
遠く暗い流れ中で一瞬白い水しぶきがはじけた

真実と星々

紺碧《こんぺき》の東の空に夕闇が広がり始め
その時まで太陽の光に隠れていた
星々がぽつりぽつりと瞬《またた》き出した

人々の顔がみな同じでないように
星々の光も色も明るさもみな違っている
また宇宙は神秘だが真理に貫かれている

わたしたちは過去を愛惜《あいせき》したがるが
過ぎ去ったものたちが美しかったのではない

幼い頃の目が見た風景が美しかったに過ぎない
大人たちはみな大きく自信ありげに歩いていたし
赤ん坊に乳をやる母親たちはみな慈母に見えた

成長は柔らかい芽を硬くし大きな葉になることだ
葉脈の中を甘くて苦い樹液が流れることだ
ままならない日々と風雪の月日を重ねた年輪

事実とは真実の割れた破片であるのか？
不条理な現実ばかりが積み上がっていく地球
夜空の星々の間に真理は身を潜めているのか？

いくつもの生と死

人はみな望んでいるだろう
幸せな生を送り安らかな死を迎えることを
だが人生には思いがけない落とし穴が潜んでいる
刑場の床がふいに開き自らの重みで落下するように

生と死の善し悪しを人は決めることはできない
幸せな生を送っていても悲惨な死で終わることもある
不幸な生を送っていても安らかな死を迎えることもある
人の生と死にはどれだけの違いと隔たりがあるのか？

安らかな死　無念の死
悲惨な死　理由もない死
砂粒《さりゅう》のような無機質の死
意識がないままの灰色の死

モルヒネで痛みと死の恐怖が取り除かれた死
病室で家族によって温かく看取られての死
独り公園の溝に半身がはまりこんだままの死
後ろ手に縛られ顔に袋を被せられ頭を撃ち抜かれ……

春の闇

やわらかな春の雨が降っている
この地にも海の向こうの地にも
「老年　花は霧中《むちゅう》に看《み》るに似たり」と言うが
血の赤い薔薇《ばら》は靄《もや》の中でも鋭く目を射る

痛みは耐えることができるかもしれない
鎮痛薬やモルヒネが助けてくれるだろう
でも悲しみは耐え続けることはできない
どんな言葉も麻薬も救いとなることはない

耳に優しい嘘と胸を刺す痛みの真実
占領地の民家の玄関先で主人を待つ犬がいる
数日前に飼い主は黒服の侵略者に拘束され
教会の墓地で他の住民と後ろ手にされて殺され
墓地の間に新しく掘られた穴に投げ入れられた
重機が掘った大きな溝《みぞ》に左右から遺体を蹴落とした
第二次大戦中での「カチンの森事件」※のように
犬は主人の影を求めて待ち続け痩せ細っていった

現実が残酷であればあるだけ
人は美味《うま》い酒を飲み干したくなるのだろうか？
優しさは傷口を覆う一時《いっとき》のガーゼなのかもしれない

朝も夜も街や村を襲う空爆と砲撃は止むことはない

※「カチンの森事件」：第二次大戦中、ポーランドは西からナチス、東からソ連に侵攻されて降伏。両国に占領され将兵らは捕虜として両国の各収容所に移送。後に旧ソ連西部の「カチンの森」やウクライナ東部ハリコフ（ハルキウ）など五ヶ所で、捕虜の将兵計約二万二千人の遺体が発見された。彼らはロープで後ろ手に「ロシア結び」で縛られ後頭部を撃たれ、大きな溝に左右から交互に蹴落とされた。ナチスとソ連が虐殺を押し付けあったが、約五十年後の一九九〇年、ソ連が責任を認め遺憾の意を表明した。

春の湾で

湾のはるか向こう側の山地の上部は
まだ鮮やかな残雪に覆われていた
北からの風が緩み柔らかな日差しに
湾の景色も回りの大気も溶けていた
冬の季節を越したカモたちの群れが
そろそろ繁殖地に渡ろうとしていた

自分の土地とはどこにあるのか？
越冬地なのか？　繁殖地なのか？
どちらでもなく全て自然の中なのか？

私たちの住む場所はどこにある?
国や地方　町や村　家やアパート
生きるためだけに働く職場なのか?
疲れた体を横たえるだけの床なのか?

古代から人類はずっと戦い続けてきた
勝者が建てた宮殿もいずれ朽ちて草に埋もれる
海の向こうで始まった戦闘は止む気配もない
両足を縛られ天井から逆さに吊り下げられて
拷問される捕虜が見る世界はどんなものなのか?
全てが上下逆さの意味までも逆さの世界なのか?
「戦争は平和」「侵略は解放」「強制収容は保護」

逆さまの世界が真実でないと誰が言えるだろう
もし私たちが逆さに吊り下げられたとしたなら

湾のはるか対岸の峰々の残雪は
入り日を受けて朱色《しゅいろ》に染まっていた
浜辺を打つ波の音が高くなり
沖からの風はまだ寒さが残っていた

春の夜半に

春の光の中に影を溶かしていく風景がある
浅緑に揺れる麦畑　薄水色に霞んだ空
信じられたものが信じられるまま存在した日
俺たちの記憶は眼球の中の異物に過ぎないのさ

夜半に暗闇の中を這い伸びる手がある
深紅《しんく》の薔薇のように孤独な熱を帯び
羽根を痛めて怯える小鳥をそっと包むような
明日を夢見て今日の日を決して打算することなく
今の刻《とき》を力の限り繋《つな》ぎ止めようとする

幼い子供の火照《ほて》った桃色の頬のように
熱を孕んだ柔らかくふっくらとした手
失われた感覚に俺はふと小銃を握りしめる

「経験した数だけ人は成長できる」なんて
人の上に立った人物の自慢話ではないのか？
「次のボーナスを貰ったらさっさと除隊するんだ
それまでは命令通り俺はただ人を殺すだけさ」

春霞《はるがすみ》の独語《どくご》

春霞の中に全てのものが溶け込んでいる
樹々の若葉も草木の花も土の匂いも
俺たちがすでに棄ててしまった記憶と
砕《くだ》けた夢と今も胸を刺す思いの残骸と

人は過ぎ去ったものたちへの愛惜《あいせき》を語る
「あの頃の人も景色もみな美しかった」と
「信じられたものは信じるに足るものだった」と
「永遠の真実は手を伸ばしたその先にある」と

夕暮れに帰り道を急いでも部屋は空っぽで真っ暗だ
朝沸かしたヤカンが冷えたまま置かれている
職場ではパワハラ上司に不条理な人事ばかり
耐えることと生きることとの間の絶望的な闇

「春宵《しゅんしょう》の一刻《いっこく》は千金に値する」と言われているが
俺は眠りに入るまでの長い時間が苦しく恐ろしい
睡眠薬を噛み砕き安酒をあおって冷たい床に入る
朝日が昇ってくるのは東であったか西であったか？

季節の中で

二月の水仙　六月の薔薇
季節の盛りに咲くものは
みな美しく悲しい声で歌う
球根の毒と茎の棘《とげ》を自ら誇り酔い

夕暮れの街に虚しく灯が点る頃
鳥の群れが斑点となって森に帰る
ロックダウンされた街に人影はなく
路地裏を痩せた犬が塵《ごみ》を漁《あさ》っている

いつの時代も侵略戦争の歴史があり
どの場合も「平和のための闘い」とされる
豊かな畑に麦とヒマワリの波が揺れ
実りの大地は砲撃で無数に抉《えぐ》られている

宇宙の闇で無数の星が自ら輝いている
赤や黄や緑や青で　煌《きらめく》めく天の綾
億光年の時間と空間の摂理の中で
独り地球だけが血を流し続けている

四季の色合い

穏やかな春の日の午後　暖かな陽差しに
草木の若葉色の風が吹いているが
季節の頭痛を和らげることはない
一グラムのアスピリンが血管を巡っている

真夏の陽光に浜で酔いしれる少女たち
褐色の体の夢見る眼が青色に染まっている
はるかな海からやってきた潮の誘《いざな》いに
打ち寄せる荒波の危険に気づかないでいる

いつの間にか傾き始めた陽に山頂を下れば
色づいた樹々の葉が黄赤色《きあかいろ》に揺れている
麓の村には秋祭りの熱気が残っているのに
中腹ではすでに季節の凋落《ちょうらく》の匂いがした

行くべき道を失ったまま夜半に歩いた
街の灯を反射した黄ばんだ厚い雲から
大粒で冷たい雪が降りかかってくる
西も東も昨日も今日も方向を見失ったまま

夜の川に

夜半に橋を歩けば空しい音がついてくる
駆け足で渡れば寂しさが追いかけてくる
星もない空の下　黒々とした水が流れ去る
明日の見知らぬ岸の光に浸る思いもなく

川の流れが世の移ろいに例えられるように
過ぎ去ったものたちはもはや昔の姿を失う
苦しみが強いから真実に近いわけではなく
烈しい涙が甘いカタルシスを生むこともある

ギリシァ時代の「自由民」には必ず奴隷がいたように
多くの自由はより多くの犠牲の上に成り立っている
かつて収容所正門の鉄製アーチに切文字で大きく
「働けば自由になれる」と掲げられていたように

いつの時代か理想とロマンを追い求めた人たちには
盲目的な情熱と戦闘性と狂気が必要だったのだろう
星もない空の下を黒々とした川が流れ去っていく
言葉にならない声が喉に貼り付いたまま震えている

同じ一つの……

同じ一つの神のために人々は祈った
同じ一つの仏のために人々は慈しんだ
同じ一つの仏のために人々は憎しみ合った
同じ一つの神のために人々は殺し合った

三日雨が降り続けば次の日の朝は晴れ
三日晴れが続けば次の日の夜は雨
世に支配と収奪と欺瞞《ぎまん》がある限り
社会の不条理がなくなる事はない

もはや生きようとする意欲がない人は
悩んだり苦しんだりしないのだろうか？
生の泥の海の中でのたうち回るからこそ
死が一つの救いに思えてしまうのだろうか？

子宮の中で母親と共に爆殺された胎児の死
片方の手の平に乗るほど未熟な嬰児《えいじ》の生
家族に看取《みと》られ天寿を全《まっと》うした老人の死
人の生はそれぞれ違っても死はみな同じなのか？

星空と祈り

春　朧《おぼろ》な夕暮れの空に願いをかければ
しし座の星たちは
私たちのささやかな望みを察して
応えの光を発してくれるだろうか？

夏　微熱の宵の空に祈りを捧げれば
白鳥座の星たちは
私たちの切なる思いを汲《く》んで
そっと恩寵《おんちょう》の光を贈ってくれるだろうか？

秋　澄んだ夜の空に悲しみの声を上げれば
カシオペヤ座の星たちは
私たちの傷ついた心に気づいて
美しい光の調べで歌ってくれるだろうか？

冬　凍った深夜の空に絶望の叫びを発すれば
オリオン座の星たちは
勇者の腰のベルトから剣を引き抜いて
「邪気を祓《はら》う」とばかり切り捨ててくれるだろうか？

表と裏の真実

床の間に楚々《そそ》と花が生けられている
花瓶の口は花に向かっているのに
花瓶の底は花や陽を見ることはない

その人は悪い父親だったかもしれない
しかし立派な兵士だったのだろう
より多くの人を殺したのだから

その人は悪い母親だったかもしれない
しかし情け深い女だったのだろう

より多くの男を愛したのだから

その収容所長は残虐《ざんぎゃく》で誰からも恐れられた
しかし優秀な役人であったばかりか
家に帰ると誠実な夫であり子煩悩《こぼんのう》な父だった

その女医は悪徳医師だと皆から非難された
しかし妊婦と胎児の将来のことを考え
道に外れて何回も堕胎《だたい》の鉗子《かんし》を手にした

昼とは陽の光が明るく満ち溢れることであり
夜とは陽に対し地球が自らの影に入ることであり

四季は地球が太陽を巡る面の角度の差である

悲しみのとき

悲しみには色があると人は言う
血の赤　黄疸《おうだん》の黄　木の緑　空の青
悲しみには棘《とげ》があると人は言う
身中を刺す言葉　神経の深い傷跡

人の死が実に永遠の不在だと知ったとき
また人の死が解放の喜びの歌となるとき
恋人が　翻《ひるがえ》って友人のもとに奔《はし》ったとき
産院の片隅で望まない赤子を産んだとき
自分自身が虫けら以下に感じられるとき

安置所で顔のない体が父だと告げられたとき
父の遺品がすっかり処分されていたとき
明日を望んでも明日も辛い日だと知ったとき

最愛の人の死を前にして出もしない涙
抗議の言葉をつい呑み込む世知長《せちた》けた喉
隣で救いを求める人がいても蓋をする目
懐かしい人たちの声が株取引に聞こえる耳

存在の証《あかし》であった思い出が消えていくとき
哭《な》き叫ぶ魂の声さえ枯れ朽ち果てたとき
全ての情景　意思　感情が風化するとき

私たちが私たちでなくなっていくとき

ささやかな真実

陽春の日差しの中に
忘れ去られたハープを置けば
澄明な光子《フォトン》のシャワーに打ち震え
若き日の情感の調べを奏でるでしょうか?

秋の日の空に向かって
生活に疲れた手を差し伸ばせば
指の隙間や端々《はしばし》から光は溢れて
楓の葉のように黄赤色《こうせきしょく》に輝くでしょうか?

夜更けの闇の中に
独り絶望の石をそっと置けば
石は悲しみの重さに耐えきれず
苦《にが》い泥の中にその身を沈めるでしょうか?

暁の東の空に向かって
不眠の目をかっと見開けば
やがて昇ってくる朝日に射貫《いぬ》かれ
ささやかな真実が示されるのでしょうか?

地の穴

激しい雨に川は溢れ荒れ暴れ
野や田や村や町を泥の海に沈める
太陽系三番目の青い星であり
美しかった地球は瀕死《ひんし》の姿に耐えている

墓地は溢れて野に新しい墓穴が掘られ
シートに包まれた身元不明の遺体が埋められる
畑は麦の穂が揺れヒマワリの花が咲き誇っているが
砲撃による大きな穴が黒々と空に口を開けている

濁流は海に流され潮に運ばれ
遥かな国の雲となり雨となって大地を潤す
森や野や畑を肥やし草木や穀物を育てる
美しい自然は人々の祈りと感謝と共にある

病んだ地球の異常な猛暑と激しい雨は
驕《おご》った文明の人類への天からの罰なのか？
ときおり青い空と大地に爽やかな風が渡っても
地には砲撃と新たな墓の穴が黒く口を開けている

光と夢

青い空に幾つもの白い積乱雲が聳《そび》え
午後の夏の日を受けて銀色に光り輝く
遥《はる》か水平線を外航船が遠ざかっていく
海が空に溶け合う中を一つの黒い点となり

信じられた時代は全て過去への郷愁なのか？
前掛けに芋を包んできたくれた隣家のお婆さん
くわえ煙草で釣りの呪文を教えてくれたお爺さん
夏休みの午後　宿題をさぼって遊び疲れて
廊下で昼寝をすると決まって夕立に起こされた

襖《ふすま》を開け放して天井から吊るした蚊帳《かや》の中に
蒲団を敷き詰めて従兄弟たちと横になれば
夜に蚊帳の中を蛍が青い光を描いて飛び回った
あれは祖父が捕まえた蛍をそっと放ったものだったか？
だが私たちはただ勘違いしているだけかもしれない
暗い現実を目の前にして過ぎ去った遠い過去に
甘い夢を見ようとしているだけなのだろうか？

いつの時代も何処でも不実と理不尽は止むことはなく
常に強いものが栄え弱いものは虐げられてきた
ある国の産科小児科病院が跡形もなく爆撃されても
「平和のために必要な特別作戦」だとされてしまう

夕暮れに静かに出航する老いた外航船も
いずれ夜の海と空が溶け合う水平線に消えていく
星のまたたく紺青《こんじょう》の空と黒々と背を丸める海
現実の光景さえも単なる夢に過ぎないのだろうか？

『二十一本のバラ』

かつて『百万本のバラ』という歌が流行した
原曲は当時大国に占領併合されていた小国の『マーラが与えた人生』
曲の内容は大国に苦しめられ続けた小国の辛苦《しんく》を母から三代にわたり
「命は与えたけれど日々の労苦の中で幸せは忘れてしまった」と歌う
後半は歌手と少女との合唱で悲哀の世代間の伝承が暗示される

その原曲に大国が別の詞をつけ曲名を変えて『百万本のバラ』とし
当時の国民的女性歌手の持ち歌として大いに広まった
その曲は日本語訳され日本人歌手に歌われ大ヒットした
『百万本のバラ』の曲の大意は

「女優に恋した貧しい画家が小さな家とキャンバスを売り払い
街中の赤いバラを買い求めて彼女の窓から見える広場を
百万本のバラで埋め尽して真っ赤なバラの海として贈る」というもの

その大国が突如隣国に侵攻した
『百万本のバラ』にあやかったのか？
占領地の兵士らの間では密かに
『二十一本のバラ』が流行っているという
若い兵士がはるか故国の母親にかけた
携帯電話の通話が漏れて知れ渡った
「ねえママ　『二十一本のバラ』って知ってる？
一人の捕虜の両手の指十本

両足の指十本　男性器一本　合計二十一本
それらの先を切断すると
二十一箇所から真っ赤な血が噴き出すんだ
まるで二十一本の血のバラのようにね」
「まあ、なんてこと！」
「でも人間って不思議なものだね
初めはとても見てられなかったけど
今ではまるで平気になったよ
そのうちぼくが切る役をやるかもしれないんだ
ねえママ　聞いてる？」

※原曲『マーラが与えた人生』の「マーラ」とは命や母性を表す女神とされる

今夜の夢は

昨日の夢は今日の悲しみ
打ち萎《しお》れた人々が街を行き交う
遠くの雷鳴は他国の爆撃の音なのか？
意識の底で咲いていた花も枯れて久しい

去年の夢は今年の苦しみ
飢餓で痩せ細った人々が地に蹲《うずくま》っている
森に群れる禿げ鷲は「その時」を知っているのか？
網膜の底に広がる景色はいつもモノクローム だ

きみが望んだ世界は一種の特別社会だ
男は王を女は女王を潜在的に望むという
自分だけは大金を得ようとみな宝くじを買う
人生で必要なのは人への情を断つ勇気かもしれない

廃墟や遺跡が人の心を打つのは
失われた者たちの声が聞こえるからだろう
「老いた鼠は古瓦《こが》に隠れ　美人も黄土《こうど》と為《な》る」
今夜は一体どんな夢が待っているのだろう？

はるかな墓標

しめやかに雨が降っている
町が見渡せる小高い丘の
深緑に囲まれた墓地を湿らせ
刻まれた墓碑銘が潤んでいる

海の向こうのはるかな国では
焦げた荒地に木や枝で作られた
名もない墓標が立ち並んでいる
かつて麦の穂波で黄金色に輝いた地に

かつて戦争を煽《あお》った人の変身は早かった
「皆やっていた　ああするしかなかった」
「あれは一種の擬態《ぎたい》で自己防衛の一形態だ」
だが擬態する蝶は決して人を戦場に煽り立てない

砲弾による穴が野や畑に無数に空いている
かつて畑の上で囀《さえず》っていた雲雀《ひばり》はどこへ行った？
秋めいた爽やかな風が空を渡っても
荒地の墓標は土いきれで蒸れている

億光年の祈り

十光年は光で十年かかる距離
百万光年は光で百万年かかる距離
百数十億光年もの宇宙を前にするとき
距離は時間であり時間は距離である

同じ国の同じ場所でも時代が違えば
この世の人はクレオパトラに出会えない
同じ時代でも二百数十万光年離れた星座の
「アンドロメダ星人」に会えることはない

そんな果てしない宇宙の一銀河系内の
太陽系第三惑星である地球における
人と人との出会いは天文学的奇跡だ
助け合い愛し合い憎しみ合い殺し合う

母の心音を羊水の中で聞いていた胎児は
生まれると地球の空気を胸一杯吸い込むが
いずれ死の時には最期の息をそっと吐く
地球の中で行なわれている生と死の共演

今後太陽は膨張し赤色巨星《せきしょくきょせい》となるという
地球は巨大な太陽に呑み込まれ消滅するだろう

私たちの悲哀や絶望や希望も燃えてしまうのか？
それとも何億光年の先まで祈りは届いていくのか？

微《かす》かな光

失われた季節の夜半　深い闇の中を
多くの人が手探りで歩いていく
野茨《のいばら》の丘　泥沼の中　廃墟の街
正しいと思われた道　間違った道

世の人は「群盲《ぐんもう》象を撫《な》ず」と嗤《わら》う
象の足を丸太のように人々は見るが
撫でる人は指があることに気づくだろう
象の耳を大きな布のように人々は見るが
撫でる人は象が団扇《うちわ》のように耳で扇いで

体温調節をしていることに気づくだろう

虚言や迷妄《めいもう》に心や目を曇らされた人たち
目は開いていても見ようともせず
耳は聞こえていても聴こうともせず
一人が「万歳《ウラー》」と発すれば皆「万歳」と唱え
誰かが「戦争」だと言えば皆「殺せ」と叫ぶ
薄暗闇の中の者はやがて目は暗闇に慣れても
真っ暗闇の中の者は暗闇に慣れることはない
歴史はそんな暗闇の中で積み重ねられてきた

深い闇の中を人々が手探りで歩いていく

廃墟の街　森の中の番号だけの集団墓地
正しいと思われた道　間違った道
微かな光さえあれば道の行く先は分かるのに

黒い雨

季節はずれの灰色の雨が降る
古アパートの錆《さ》びたトタンの屋根を濡らし
歪んだ木枠の窓ガラスを打ちつけ
熱く冷たい雨が降っている

森の木々の葉を光らせ
野原や田畑の土を潤し
乾涸《ひから》びて忘れられた記憶を蘇らせ
風化したはずの古い傷痕《きずあと》を疼《うず》かせる

この世は虚言と妄動《もうどう》に満ちている
かつてナチスの宣伝相ゲッベルスは
「嘘も百回言えば真実となる」と言った
繰り返される虚言はやがて真実とされる
同じく「絶対安全だから心配はいらない」
「絶対安全だから避難訓練は必要ない」
と言われた原発が事故でメルトダウンした
放射能汚染された近隣の住民は皆避難した
放棄された村落は荒れ果て猪や猿が繁殖した
猪は家畜の豚と交配し雑種の群れを形成した

原発事故の原因は津波だとされたが

地震による配管破損や各種計器の損壊もあった
事故は米国製の欠陥原子炉とそのコピー炉で起こった
本来高台にあるべき非常用電源が地下にあった
多くの謎がありながらその後の調査はされなかった
さらに原発再延長稼動と新規原発建設の計画もある
六ヶ所村核処理施設は一万年前は海の底だった
日本のどこに十万年も核廃棄物を保存できるのか？

現代の大人たちは平気で子供たちに大きな負の遺産を残す
経済的負債や環境汚染と地球温暖化そして核廃棄物など
親孝行の子供たちなら必ず引き受けてくれるだろうと……
だが孝心《こうしん》は愛育の種子であり愛育なき種子は狂気でもある

現代人の驕慢《きょうまん》によって千年かの後に人類のＤＮＡが変異し
不遜《ふそん》で凶暴な超ホモサピエンスとなっているかもしれない
現代の為政者たちの墓は暴かれ骨は核廃棄場へ投棄され
「絶対安全」とされた「聖地」を訪れる人は誰もいないだろう

この世には熱く冷たい雨が降る
いつの時代も何処においても真実よりも
甘い蜜の虚言が世に受け入れられる
悲しみと汚れを含んだ黒い雨が降っている

白い静寂

駅のホームで電車を待つ乗客の間を
白い杖を突く盲目の老人が通る
多くの人たちは気づかないか
気づかないふりをしている

やがて老人はホームの端に進んでいった
目の前でその様子を見ていた若い女性は
咄嗟《とっさ》に改札口の方に向かって駆け出し
駅員に盲目の老人の危険な状況を告げた

駅員は血相をかえてホームに飛び出した
その時　急ブレーキをかける金属音が響き
ホームから乗客の悲鳴や喚声が上がった
線路に落ちた老人を青年が助け出したのだ

青年の行為は間一髪で命がけの危険なものだった
彼の勇気を称《たた》える人たちもいたが
その無謀さを非難する人たちもいた
老人と青年の無事な姿に安堵する人たちもいた

白い静寂がホームに舞い降りている
いったい真実はどこにあるのか？

老人に気づかなかった乗客なのか
気づかないふりをした人々なのか
適切に老人に声をかけ止めなかった若い女性か
線路に落ちた老人を勇敢に助け上げた青年か
転落防止の対策をとっていなかった鉄道会社か
ただ老人の白い杖が電車の車輪に踏み砕《くだ》かれていた

コラテラル・ダメージ（collateral damage）

もしきみがこの世の中で
傷つきたくなかったら
人の優しさや温かさを
信じたりしてはならない

間近で燃えさかる家の中に
真っ赤な炎に包まれた幼子が
怯《おび》えた顔で助けを求めていたら
ぼくたちはどうするべきだろう？

「コラテラル・ダメージ」という言葉がある
「付随的損害《ふずいてき》」「巻き添え被害」と訳される
敵の拠点と思われる場所を爆撃したとき
避けられない民間人の犠牲者の割合を表す

世できみが人生の道を歩くとき
人を傷つけたり傷つけられたり
裏切ったり裏切られたりして
世の中の炎に包まれるかもしれない
そんなとき人の優しさや温かさを
当てにしてはならないだろう
きみが炎に包まれた目の前の

幼子を助けられなかったように

決して避けることができない犠牲
地球の中で繰り返されてきた
捕食者《ほしょくしゃ》と被食者《ひしょくしゃ》の果てしない連鎖
「コラテラル・ダメージ」
ぼくたちはそんな爆弾を
落とす側なのか落とされる側なのか？
一体誰が幼子を救うことができるだろう？

ある花言葉

赤い薔薇
〈情熱　愛情　美〉
どんなに激しい熱も
時間とともに指数的に冷めていく
庭で燃やした思い出の写真
あなたはその灰を捨てられないでいる

白い百合
〈純潔　威厳〉
「純粋な思想と意志の中に

崇高《すうこう》で澄明《ちょうめい》な心身が宿る
きみの周りの害虫や雑草は
容赦なく排除されなければならない」

薄紅色《うすべにいろ》のカーネーション
〔感謝の心　熱愛〕

長い間わたしのことを
支え続けてくれてありがとう
今になってやっとあの男《ひと》の所へ
行くという辛い決心がついたわ

青い紫陽花《あじさい》

〔冷淡　無情　高慢〕

ディナーの合間に立った
化粧室の鏡に映った蒼白い顔
夕闇の中に浮かんだ仄《ほの》かな燐光《りんこう》
打ち棄てられた墓標のように

黄色い向日葵《ひまわり》
〔願望　未来を見つめて〕

しっかり根を張っているからこそ
大地に真っ直ぐ立っていられる
気張らず笑みさえ浮かべて
明日の空と雲とを見つめている

春の日に

「四月は残酷な月だ」とある詩人が言っていた
草木の花々と大地の匂いが我らの感覚を麻痺させる
人の生には人それぞれの形があるように
人の死にも人それぞれの形があるだろう

どの生が悲惨であり
どの死が安楽であるのか？
どの死が善であり
どの生が悪であるのか？

纏足《てんそく》された小さな足で山野や岸辺を
自由に駆け回ることができないように
柔らかな花芽を切断された草木が
色鮮やかな花々を咲かせられるのか？

この春も海の向こうで侵略と無差別虐殺が起こり
道路の端《はし》や公園や民家の庭に遺体が埋められている
愛する人たちをせめて墓地に埋葬することすら
望むべくもない高慢な願いと祈りなのか？

どの死が悲惨であり
どの生が安楽であるのか？

どの生が善であり
どの死が悪であるのか?

目の中の光　心の中の棘《とげ》

きみの目の中の光
生後初めて開けた目で世を見た赤ん坊のように
海底から水面を突き抜けて空の下に出た時のように
きみの歩む暗い世界に道標《どうひょう》となる一条の光のように

ぼくの心の中の棘
知りもしない痛みを怖れ儚《はかな》い思いに震えるように
ふとぶり返す悔恨《かいこん》に蝕《むしば》まれ冷たい雨に蹲《うずくま》る仔猫のように
吸う息と吐く息の違いにぼくが初めて気づいた悲しみのように

あなたがたの目の中の炎
誰かが「平和の戦い」だと叫べば皆が「殺せ」と唱《とな》えるように
憎悪と残虐は後天的なものではなく先天的なものであるように
あなたがたの心の炎は周りから煽《あお》られ消されることはないように

わたしたちの心の中の棘
目の前の生にしがみつくために遺棄《いき》した命のように
信じられたものたちを時代の底に置き去りにしたように
今日の日と明日の日が出会う一瞬の光芒《こうぼう》の針の痛みのように

あるサラリーマンの日課

朝には昇る東の陽に向かって
その日味わう悲しみを呑み込む
鏡の中でネクタイをきつく締めながら
いっそ一思《ひとおも》いに……と思ったりもする

昼には天の南の空に向かって
午前中に受けた不条理を呑み込む
職場に籠《こ》もる香水とポマードに噎《む》せ
意味のない書類の山をぶちまけそうになる

夕暮れ西に沈む陽に向かって
その日一日分の疲れを呑み込む
パワハラを嬌声《きょうせい》で逃れる事はできないから
完璧な仕事をやり遂げて対抗するしかない

深夜　眠られない蒲団《ふとん》を蹴飛《けと》ばして
白く苦い睡眠薬を噛み砕き安酒をあおる
明日こそ自分のデスクをそっと拭いてくれる
若い事務の娘《こ》に「ありがとう」と言えるだろうか？

雪の棘《とげ》

日々の悲しい思い出はまるで夜半《やはん》に
静かに降る雪のように積み重なっていく
柔らかいはずの雪の中に白く鋭い棘が
紛《まぎ》れ込んでいることに気付くことさえなく

誰もいない公園の夜の道は雪深かった
足跡のない白い雪面を膝まで埋まりながら
一人歩くのは爽快《そうかい》だったが苦しくもあった
不幸な出会いは不幸な別れしかもたらさない

雪は後から後から音もなく降ってくる
街のネオンや灯を反射した黄ばんだ空から
「あなたと出会って三年　人生の華《はな》の時を失った」
そんな鋭い棘が雪片《せっぺん》とともに舞い降りてくる

暁《あかつき》が地軸のあと数十度の回転に過ぎないなら
過ぎ去った日々は太陽を巡る地球の残像なのか？
生きることは暗い闇の中に杖を突いていくことなのか？
舞い落ちる雪の白い闇の中で明日の方向が見えなかった

朝の目覚め

良い夢も悪い夢も悲しいものなのか?
良い夢であるならば目覚めたとき
きみの目の前に辛い現実が待ち受けている
悪い夢であるならばその後の日々が
不幸を暗示していることを知るだろう

一人の少年が陽が降り注ぐ砂浜を走っている
世界的な酷暑の中でもはや六月の陽は友ではない
彼は裸足の足首まで深く埋まる砂のために
波打ち際か砂丘へか行き先を見失っていた

炎熱の砂は走っても跳び上がっても止む事はない

良い夢も悪い夢も空しいものなのか?
幸せになるためには植樹の枝打ちのように
災いとなりかねない側枝《そくし》や菌に冒された枝を
容赦なく切り落とす非情な心が必要だ
ところできみはどんな朝に目覚めるんだい?

四季と記憶

静かな風の中に
竜胆《りんどう》の花を吊るせば
爽やかな秋空に対して
青紫色の音《ね》が響き渡るだろうか？

雪山を縫う渓流の中に
白い水仙を浸《ひた》せば
自らへの愛を忍ぶ余り
硝子のように凍りついてしまうだろうか？

春の盛りの光の中に
林檎の花を透かしてみれば
震える花びらに火がついて
薄紅色《うすべにいろ》に燃え上がるだろうか？

夏の午後の逃水の中に
紅《くれない》の夾竹桃《きょうちくとう》の花びらをまけば
灼熱の陽の光に身を焦がし
微かな灰となって散ってしまうだろうか？

後　記

西に沈む夕陽は美しくも何故か悲しい。ある国では「西に向かう」という言葉は「死」を暗示するものだという。西方の大国がさらに「西に向かって」隣国に侵攻した。ロシアとウクライナ。学生時代ロシア文学を愛読した。プーシキン、ドストエフスキー、そしてウクライナ出身のゴーゴリ……。彼らの文学には豊かな人間性があり虐げられた人々や大地の匂いや民衆の敬虔な祈りがあった。世界で最初の戦時国際条約である「ハーグ陸戦条約」を提唱したのはロシアの皇帝ニコライ二世だった。条約は「民間住宅、病院、宗教・慈善・学術施設などへの攻撃や捕虜への虐待など」を禁止している。ロシアは自ら提唱した条約を公然と踏みにじっている。プーシキンやドストエフスキーはこの現状を何と思っているだろう？　ウクライナ出身のゴーゴリは大切な「外套」を引き裂いて激怒しているに違いない。

夕暮れに家路につく人たち、仕事の充実感と快い疲れに浸る人、上司のパワハラや同僚らの冷視に心を踏みつけられた人、ただ働きづめで何の感情も持てない人などが家に帰る。ただし、帰る場所がある人は。彼らは、その日の出来事や人々の顔や言動を心に刻み喜びや悲しみとともにそれらの面影を辿る。まるで、夕暮れの残影のように。

かつて学生時代の一時期、学校にも故郷にも戻ることができなくなった。二年間程、アルバイトを転々として暗くて狭いアパートで暮らした。仕事がない日はよく夕暮れの散歩に出かけた。住宅地や集合住宅が多かった。道幅の狭い路地も好きだった。夕闇が迫り民家の窓の明かりが零れ、あちこちの台所からその家庭の夕食を準備する匂いが漂ってくる。サンマを焼く煙、カレーライスやすき焼きの匂い……。匂いを嗅ぎながら路地を歩いた。そんな夏の夜のある時、どこか公園で太鼓を打つ音が聞こえた。盆踊りらしかった。その街から出かけていた人たちが、盆休みで帰省した折の「納涼盆踊り」なのだろう。盆踊りは子供のある時から怖くなった。

じめじめする夏の夜だった。天井から下がる蛍光灯に小さな蛾たちがぶつかって音を立てていた。病室のベッドに真新しい包帯で頭部・顔面をぐるぐる巻きにされた人物らしきものが横たわっていた。近寄ると真っ白い包帯の下の胸の辺り一面、開襟シャツはどす黒い血糊《ちのり》で汚れていた。医師から、「これが父」だと告げられた。マイクロバスの後輪に頭部を轢《ひ》かれ、頭蓋や顔面は完全に砕かれ即死だった。脱脂綿か何かで詰め物をして、包帯で全面を巻きつけた異様な遺体。看護婦らによるせめてもの優しさの処置だっただろう。

通夜の夜も、葬式が終わった夜も遅くまで盆踊りの太鼓の練習が続いた。十三日と十四日は夜中まで、最終日の十五日は夜明けまで盆踊りが行なわれた。一度、そっと見に行ったことがある。櫓《やぐら》が組まれた中と外に人が溢れ、揺れ、渦巻いていた。夜の闇の中で裸電球の黄ばんだ光が人々の踊る露《あらわ》な腕や手や顔を照らした。みな酒が入っていて野卑《やひ》だった。まるで、生者と死者の乱舞、生と死の狂宴《きょうえん》の気がした。以来、盆踊りは苦手になった。

しかし、その夏の夜の太鼓の音は何故か優しく懐かしく響いた。実家に帰れないという気持ちが感傷的にさせたかもしれない。それとも、故郷の蒸し暑く息苦しい夜ではなく、自分がいた北国の爽やかな夏の夜のせいだったのだろうか？木々に囲まれた公園の中に小さな櫓の周りを浴衣を着た年配の女性や老人や子供たちが仲良く踊っていた。孫の手を取って踊りを教えている祖母もいた。遥か離れた所に暮らす子供夫婦や孫たちを何ヶ月ぶりかに迎える温かさがあった。と同時に、そんな家族的な優しさには入れない自分が苦しかった。

夕暮れはいつも悲しく少し懐かしい。その日一日の疲れとともに過ぎ去った様々な思いや出来事がふと現れてきたり、姿形や色彩を変えて見せたり、いつの間にか実態が失せたりもする。それらの姿が夕暮れの薄闇の中に残影として浮かんでは消えていく……。

◆桂沢　仁志（かつらざわ　ひとし）
1951年、愛知県生れ。北海道大学理学部卒。
元高等学校教諭。愛知県豊橋市在住。
著書：「八月の空の下（Under the sky of August）」
対英訳詩集 2010年
「仮説『刃傷松の廊下事件』」歴史考察 2013年
「生と死の溶融《メルトダウン》」八行詩集 2014年
「光る種子たち」十六行詩集 2018年
「踊る蕊たち」詩集 2019年
「樹液のささやく声」詩集 2020年
「漂着の岸辺」詩集 2021年
「遺棄された風景」詩集 2022年

夕暮れの残影

2023年3月13日　初版第1刷発行

著　者　桂沢　仁志

発行所　ブイツーソリューション
〒466-0848 名古屋市昭和区長戸町 4-40
電話 052-799-7391　Fax 052-799-7984

発売元　星雲社（共同出版社・流通責任出版社）
〒112-0005 東京都文京区水道 1-3-30
電話 03-3868-3275　Fax 03-3868-6588

印刷所　藤原印刷

ISBN 978-4-434-31808-5